사람
사랑

사람 사랑 (부제: 나비, 날개를 떼다)

발행일	2024년 4월 15일

지은이	이옥비
그린이	윤희경
펴낸이	백대현
펴낸곳	정기획(Since 1996)
출판등록	2010년 8월 25일(제2012-000003호)
주소	경기도 시흥시 서촌상가4길 14
전화번호	(031)498-8085, 010-2310-8085
팩스번호	(031)498-8084
이메일	cad96@chol.com

편집/제작 (주)북랩

ISBN   979-11-93579-11-4 03810 (종이책)   979-11-93579-12-1 05810 (전자책)

사람 사랑

소담素談 이옥비 시집

정기획

사랑하십니까? 사람을

1집 『소담소담』을 엮어가는 동안에 나에게 강한 모티브가 된 것은 그리움이었다. 그리고 순수에서 오는 카타르시스를 독자들에게 줄 수 있길 간구했다. 아직도 이상적이다고 얘기하는 분들이 있지만, 순수함을 일깨우는 문학을 접하면 사람들의 행동 양식이나 마음가짐도 선한 방향으로 발현될 것이라 나는 믿는다.

다행스럽고 감사하게도 소담소담을 읽으신 분들이 '마음이 맑아지는 느낌이었다'라고 말씀들을 많이 해주셔서 2집을 준비하는 과정에 또 한걸음 용기를 내어 본다.

1집에서 자연이 주는 순수와 감격을 한껏 그려내서 일까? 1집 이후 다시 내가 시를 짓고 글을 쓰게 한 것은 사람이었고 사랑이었다. 사람을 쫓아가다 보니 사랑에 다다른다는 것을 깨닫기도 했다.

나에게 사람이란…… 연민이다. 연민은 측은지심과 가련함이다. 그것은 가슴을 저리게 한다. 사람은 가슴을 아리게 한다. 착한 사람은 그 착함이 가슴을 아리게 하고, 악한 사람은 그 악함이 가슴을 아리게 하고, 비굴하거나 비열하거나 욕심이 많거나 어수룩하거나 가난하거나 그 각각의 모습으로 가슴 저리게 한다.

나에게 사랑이란…… 또한 연민이다. 연인 간의 사랑뿐 아니라 부모 자식 간, 사제 간, 더 나아가서 전 인류애적인 사랑에도 연민의 감정은 함께한다. 자기 자신에 대한 사랑에도 자기 연민이 바탕이다. 이것은 매우 소중한 감정이고 이것이 없이는 사랑은 지속될 수 없다.

사람! 사랑!
문학의 영원한 주요 테마다. 내게 누적된 세월의 경험치들도 자연스레 내 안의 사람과 사랑을 끄집어냈다.

… 사랑합니다! 사람을!

이옥비 시인은 세상을 향해 자신의 삶을 이야기하고 있다. 시를 읽는 동안 여러 편의 자전적 소설을 읽는 듯한 착각이 들었다. 우리는 타자를 통해 자신을 발견한다. 그래서 우리는 말하고 이야기를 들으면서 나 자신과 마주한다.

장구한 삶의 진리는 수많은 책으로도 담아낼 수 없다. 하지만 삶의 진리는 오히려 아주 짧은 시 속에 깃들기도 한다.

이옥비 시인이 우리에게 전하는 말은 아마도 사람은 사람과 함께 살아야 한다는 것을……. 그리고 우리의 삶이란 사람들 속에서만 생기를 얻을 수 있으며, 삶은 사랑, 상처, 치유, 행복, 이 모두를 조용히 안고 있음을….

- 고려대학교 철학과 교수 권영우

사람 사랑

이옥비 시인의 1집 『소담소담』은 전체적으로 예쁘고 아름다운 시들로 가득하다. 교과서에 실릴만한 예쁜 표현으로 예쁘게 쓴 시를 읽고 있으면 절로 마음이 깨끗해진다. 아마도 시인의 마음이 맑고 깨끗하여 예쁜 시들이 나온 듯하다.

그에 비해 2집은 본격적으로 자신에 관해서 얘기하기 시작한다. 1집이 자연과 주변을 얘기했다면 2집은 자기 내면을 얘기한다. 시를 읽는 내내 시인의 용기 있는 마음이 느껴졌다. '이번에는 자기 자신을 발가벗겨 다 보여주네.' 내면을 담은 시들은 1집에 비해 한층 성숙하고 원숙미가 느껴진다. 시 속에 담긴 절제된 슬픔과 감정은 시인이 살아온 삶을 얘기하는 듯하다. 2집에 이르러 드디어 이옥비만의 독창적인 시의 분야를 개척한 듯하다.

시집 후반부에 있는 단편소설과 수필들은 이옥비 시인의 살아온 날들에 대한 깊이 있는 성찰이 돋보이는 작품들이다. 그의 뛰어난 글쓰기 솜씨를 소설과 수필을 통해 맘껏 뽐내고 있다.

- 예스24 올해의 책 『수학 잘하는 아이는 이렇게 공부합니다』 저자 류승재

이옥비 시인의 두 번째 시집을 덮으며, "내면의 날개를 펴고, 마음의 소리를 보다"

이옥비 시인의 두 번째 시집은 마음 깊은 곳을 울리는 시와 수필로 가득 차 있습니다. 첫 번째 시집 『소담소담』에서 보여준 자연과 주변에 대한 아름다운 묘사에서 한 걸음 더 나아가, 이번 시집에서는 시인의 내면을 펼쳐, 한층 단단해진 옥비 문체를 선보입니다.

시에서는 자신의 감정과 생각, 경험을 용기 있게 표현하여 제 마음에 울림 있는 공감과 지난 경험을 떠오르게 하는 힘이 있었고, 수필에서는 삶의 의미, 인간관계, 자연과의 교감 등을 섬세하고 깊이 있는 시선으로 탐구하며, 일상의 소중한 순간들을 필름 카메라처럼 포착해 선명한 이미지로 제 마음 속지에 인화시켰습니다.

자신만의 생각과 감정을 탐색하는 여정에 빠져들고 싶을 때, 이 시집을 손에 들길 권합니다.

- 『우린 이렇게 왔다』 저자 윤성민

사람 사랑

시간이 흘러감에 따라 퇴색되는 것이 있고, 시간이 흐르며 더욱 빛을 발하는 것이 있습니다. 이옥비 시인의 시집2를 읽으며 이옥비 시인의 세상은 시간이 흐르며 더욱 빛을 더해가고 있다는 것을 느꼈습니다.

시집1에서 보여준 자연에 대한 사랑이 이제 시집2에서 사람에 대한 사랑으로 더욱 성숙해지는 것을 느낍니다.

시집2를 읽으며 독자 여러분이 마음 한편에 묻어두었던 사람에 대한 깊은 사랑을 다시 꺼내보는 계기가 마련됐으면 합니다.

- 일간스포츠 연예국 국장 김은구

Part 2

나비, 날개를 떼다

봄볕 아래 나래를 펼쳤다
예쁜 날개구나!
의기양양해서 날개를 더 활짝 폈지
생각지 못한 오류를 깨닫기 전까지
예쁜 날개로는 높이 날 수 없다는!
새들을 따라 날려 했어
나비라고 말해주는 이가 없었거든
작은 바람에도 이리저리 바람 타는 고운 날개
태풍이 몰아칠 땐 뚫어낼 힘을 내지 못하는 날개
풍파 따라 나부끼는 커다란 날개는
높이 날기에 무용지물인 걸 알았지
날고 싶다. 날개를 떼자. 거추장한 날개는 떼어버려
찢겨나가는 고통도 바람 앞에 무기력보단 가벼워!
양 날개를 떼어내고, 하얀 고치 안에 들어앉는다
삼도천을 건너는 윤회의 고통을 이승으로 가져오리라
스틱스강 카론의 배에 날아 앉는 것은 미뤄둬

고치 안에 가둬진 인고의 시간은 탈피의 시간
봄볕 아래 다시 나래를 펼칠 거야
강인한 날개, 바람을 가르는 날개

드디어, 나비,
고운 날개를 떼다

노크

초인종 앞 숨을 고른다
설렘과 두려움이 넘나드는 시공
겨우 내 키를 조금 넘는 문은
중세의 육중한 성문이 된다
노크해도 될까?

아니
노크해도 될까요?
어떤 향기로 맞아 주시겠습니까?

노크는 두렵다
일어나지 않은 미래를 향한 손짓
손을 뻗는 것은 두렵다
예측을 끝내버리는 행위니까
때론 예측의 영역에 머물고 싶기도 하지
반가운 향기로 맞아 줄 거라든지 하는

콩닥……
노크해도 될까요?
어떤 향기를 내어주시겠습니까?

손 흔들며 다가와 주길……

상처 입은 짐승처럼 으르렁대는 사람이 있다.

아이일 수도, 그 남자 그 여자일 수도, 그 노인일 수도.

상처에서 나오지 못하고 점점 꺼져 내려가는 사람을 곁에서 지켜보기란 쉬운 일이 아니다. 몸도 마음도 자연치유력을 믿고 그것에 의존하여 그 사람을 지켜보는 마음을 다잡는 것밖에는 어쩔 도리가 없기 때문이다.

사람도 동물인지라 본능적으로, 몸이든 마음이든 상처가 깊은 경우에 자신을 지키려는 기제는 공격성을 띤 방어로 나타난다. 그 행동 양식은 의도가 읽혀 가엾기가 그지없지만 때론 곁을 돌보려는 이에게서 마음의 따사로움이 사그라들게 하기도 한다.

곰탕집 강아지 영홍이는 어느 날 오후, 한나절이 다 가도록 마당에 모습을 보이지 않았다. 주인은 여느 때처럼 영홍이가 어디 마실을 가서 또 신나게 돌아다니다 올 것으로 생각하고 대수롭지 않게 여겼다. 해 질 무렵 영홍이는 저만치 도롯가를 이상한 걸음걸이로 걸으며 돌아오고 있었다. 항상 발발거리고 뜀박질 명수인 영홍이가 한쪽 다리를 계속 질질 끄는 걸음걸이로

느리게 마당으로 들어왔다.

　동네에 떠도는 개들이 가끔 마당에 들어와 맞짱을 뜰 때면 의기양양하게 자기 영역을 지켜내던 늠름한 영홍이는 눈을 의심할 정도로 처참한 모습이었다. 이마 한가운데가 찢기고 온 몸뚱이가 피로 범벅이 되었으며 허벅다리 쪽에는 뼈가 드러날 정도로 심하게 패여 있었다. 나중에 동네 사람들이 전해준 목격담에 의하면 영홍이는 1대7의 난투극, 아니, 거의 사투를 벌였다고 한다.

　짐승이라도 그 상처들의 고통이 얼마나 극심할 것인가 마음이 쓰인 주인은 동물 병원에 데려가 처치를 한 후, 특식을 만들어서 갖다 내밀었다. 그런데, 영홍이는 밥을 주려는 주인이 다가가는데도 으르렁대고 웅크렸다. 쓰다듬으려는 손길에도 공격으로 인지하는지 몸을 움찔거리며 잔뜩 경계했다. 밥 주는 주인만 보면 꼬리를 어지럽게 흔들어 대고 폴짝거리던 녀석이 주인도 못 알아보나 싶게 날을 세워 으르렁거렸다. 그렇게 영홍이는 자신의 근거리에 아무도 얼씬거리지 못하게 웅크린 채 미동도 없이, 슬쩍 가져다 놓는 밥만 조금씩 먹고는 며칠을 보냈다. 주인은 심하게 다쳐 몸져누워 있는 영홍이가 안쓰러웠으나 녀석이 곁을 내주지 않으니 먼발치서 덧나지 않고 회복되기만을 기다렸다. 아니, 기다릴 수밖에 없었다. 그렇게 며칠이 지났을까!

영홍이 스스로의 치유력은 몸도 마음도 회복시켰고, 다시 꼬리를 살살 흔들며 주인 곁에 섰다.

한낱 미물인 강아지 한 마리도 자신의 상처가 얼마나 깊은지 안다.

그리고, 그 상처를 스스로의 방어기제로 치유하고 일어섰다.

우리가 간혹 만나게 되는, 유난히 자기방어적이거나 자그마한 호의나 자극에도 공격적으로 응대하는 사람들은 감당하기 어려운 상처들을 치유하는 중이리라. 영홍이가 그랬던 것처럼!

오랫동안 그런 모습으로 웅크리고 있는 너를 부단히도 세상에 끌어내 보려 다가갔다. 입사각이 반사각으로 되돌아오는 그 단순한 방향성이 허다하게 어긋나는 동안, 내 마음의 따사로움이 사그라들었다고 하자. 그러나, 그 마음은 체념이 아닌 기다림으로 대체되었다. 난 이제 너 스스로의 치유력을 믿어보려 한다.

나는 기다릴 것이고. 나는 믿을 것이다.

네 깊은 상처가 자연 치유되어 스스로 너를 일으켜 세우고, 다시 환하게 손 흔들며 다가와 주길…….

소중한 아이야! 소중한 사람아!

Part 1

빛을 내는 길

아무도 길을 내지 않은 둔탁한 덩어리
어두움을 품은 빛 너머
환한 세상을 꿈꾸며 날아들었어요

새 세상 날아보라 맡겨진 줄 알고
낯선 빛에 드는 두려움보단
부르는 듯한 두근거림에 날아들었죠

석가래 밑 어두운 곳에 길을 내며
소원명패 줄지어진 미로를 헤매며
꿀벌들의 팔자춤 못지않게 뱅뱅 돌아
날개가 찢기고 멍이 들어도 보았고
끝없는 방랑길 쉬일 곳 없어 울어도 보았지만

멈추지 못해 나아가고 길을 내던 중
어여쁜 처자 하나는 희망이라며 웃고
어엿한 젊은이 하나는 패기라며 다짐하니
더욱 멈출 수 없던 날갯짓이었을 뿐
참말 어둠 지나 환한 빛이 감싸오네요

이리 환한 세상엔 이제 또
어떤 모양새로 빛을 내며 날아갈까요

프로메테우스의 간

자! 출발선을 떠났어. 일단
모래주머니를 양발에 달고 달리는 레이스
이제 와서 시작된 레이스는 아니야
이 경주는 이기고 지는 사람은 없지
누구나 그냥 완주하도록 만들어졌어
뒤돌아 나오거나, 중간에 그만두거나 할 수 없어
간혹 중간에 그만두었다고 생각되는 경우가 있지만
누가 알 수 있을까?
그 레이스의 끝이 그 지점이 아니었다는 걸
또는 그 레이스의 끝이 거기였는가를

달릴수록 닳고 닳아 모래가 새어 나가지
문득 기분 좋은 가벼움은 감춰야 해
끝없이 간을 쪼아 먹는 독수리의 호사는
재생이 담보된 프로메테우스의 고통!
빌어먹을 신들의 능력은 닳지도 않아
모래주머니는 다시, 다시, 그리고 다시 채워진다
이성으로 풀 수 없는 문제는 많으니까!
저마다 다른 모래주머니의 무게도

그런 부류의 문제지
한 발짝 떼기에도 버겁게 채워진 모래는
노랗게 번뜩이는 독수리의 부리

쪼아라, 독수리야! 쪼아라

무한이 약속된 형벌도 끝났던 것을 떠올리자
매듭이 풀리는 날의 기약도 기필코 있으리라

성냥팔이 소녀는 군밤을 판다

군밤을 판다
성냥을 팔았지
돌보는 이도 없을 것 같은 노인
군밤을 판다
돌봐주는 이도 없었던 앳된 소녀
성냥을 팔았지

뜨거운 군밤과 성냥은 춥다
길거리는 무섭도록 춥다
플라스틱 의자에 앉아 빵과 우유를 손에 든 노인
흰 눈이 펑펑 내린다

마칼바람 에이는데
불빛이 새 나오는 창문 밖 키발 들고 선 소녀

그 밤
소녀 곁을 무심히 스쳐 갔던 안데르센의 사람들은
이 밤
노인 곁을 무심히 스쳐 간다

소녀의 성냥이 만들었던 환영들을
노인의 군밤도 만들어 내려나

뜨거운 군밤도 성냥도 춥다
플라스틱 의자에 노인은 앉아 있다
소녀의 발등까지 쌓이던…… 그 눈이 내린다

첫눈

네가 올까
잔뜩 찌푸린 하늘이 설레었다
추운 겨울 흐린 날을 빌어
너는 뜻하지 않게 올 것이라서

일 년을 기다려
단 한 번 너의 이름을 불러보는 날
드디어 너는
하얀 손을 내 어깨에 살포시 얹는다

따지고 보자면
투명하게 얼어붙은 차디찬 결정체
어째서 너는 따뜻이
내 마음에 스미어 미소 짓는가

네가 얼어 내뿜어진 온기로
세상이 따스하다
그 온기는 다시 또 너를 녹여
일 년을 기약하겠지

사람 사랑

눈이야!

시작은 그렇다
긴가민가
눈이야?

한 송이 두 송이 눈앞에 팔랑이면
정말 눈이야?

그러다
아니야! 하고
야속하게 맑아지는가 하면

정말 눈이야!
내 눈앞을 가로막아
저만 보게 하기도 하지

넌……
눈이었어
온통 흩날려 오는 넌
너만 보게 한다

네가 온다

눈이 온다

너의 손길 같은
너의 눈길 같은
너의 마음결 같은
눈이 온다

포근함을 가득 담고
머리 위에 내려앉는 눈송이
날 쓰다듬는 너의 손길은 그래

점잖음을 가득 담고
어깨 위에 지그시 내려앉는 눈송이
날 부둥켜 주는 너의 마음결은 또 그렇지

설렘을 가득 담고
내 눈에 안겨 오는 눈송이
더할 나위 없이 사랑스러운 너의 눈길은
또 그러하더라

눈이 온다

함박눈이 온다

나를 온전히 감싸며 녹아드는

네가 온다

해마다 첫사랑

첫눈은 해마다 오는데
첫사랑은 해마다 할 수 없더라

내가 이 세상에 나와
처음 맞은 내 생의 첫눈은

아예 기억에 없어 아무도
첫눈이라 불러주지 않았구나

이제 너와 이어가는 날들엔
난 해마다 첫사랑을 하련다

해마다 오는 첫눈처럼
온 적 없는 해를 너와 맞으면
난 그렇게 해마다 첫사랑을 하련다

사람 사랑

봄비

봄비
참 얄궂지
단비라 불리고 싶어
세상이 바짝 마른 뒤에야
내리는구나

봄비 닮은 너

참!
얄궂다
소중하게 안기고 싶어
그리움이 사무치는 날에야
찾아오는구나

백합

순결함만으로 얘기한다면
저를 본 적 없다 하십시오
우아하게 호수 위를 유영하는
백조의 바쁜 발길질처럼
고고하게 얼굴 들고 활짝이 꽃피우려
가느다란 물줄기 질기도록 빨아올리는
생명력을 눈여겨본 적 없다면 말이죠!

순백의 색만으로 알고 있다면
저를 아직 모른다 하십시오
수수하게 차려입은 처녀의
살짝이 빨간 볼 터치처럼
하얀 볼살에 연지 곤지 분홍빛 퍼뜨려
보드라운 여섯 갈래 프릴 치마 두른
꽃 치장에 눈길 맡긴 적 없다면 말이죠!

주홍 글씨

수줍은 이름은 수줍지 않아
여름 볕을 가득 피워 환하게 웃는 너
'얼굴값을 한다'는 '이름값을 한다'로 바꿔야겠어
어느 누구의 사랑이 깊었을까?
능소화!

너무 고운 자태는 시기를 불렀지
능소화꽃 아래로는 걷지 마라잖아
받아 든 주홍 글씨는 '꽃가루'!
시기는 언제나 괴담을 낳지
경외는 언제나 신화를 탄생시켜
나르시스를 얹어 피워낸 수선화처럼 말야
숨죽여지는 너의 모습에
흠이라도 내어보자는 심보였을까
'아니면 말고' 고약스레 웃었을까

진실 같은 거, 누구나 알려하진 않아

사람 사랑

풍문은 실체를 덮지. 그러나,
담담함은 너의 고결한 힘
살가운 바람도 떠도는 바람일 뿐이라고
바람에 맡기는 법이 없지. 너의 꽃가루,
벌과 나비에게 맡기는 지혜
너, 참!
곱다!
능소화

꽃무릇 – 초록 잎 이야기

붉은 울음 어여삐 흩날리며
목 놓아 서서 기다리던 그녀는
열흘 밤낮을 넘기지 못하고 낙담하더랍니다

한 잎 두 잎 가여이 떨구며
긴 대롱 녹아 스러져 간 그녀는
끝내 다시 그리움만 두고 가버리더래요

퍼런 멍울 처연히 감내하며
땅을 뚫어내고 올라온 그는
아홉 달 내내 잠들지 못하고 섰더랍니다

깊은 그리움 시리게 얼어붙어
초록으로 박혀 앉은 그를
날 선 북풍한설도 어찌하지 못하더래요

뒤늦은 그녀의 뜨거운 눈물
장맛비로 세상천지 두들기던 날
홀연히 녹아진 그는 웃으며 가더랍니다

사람 사랑

꽃무릇 – 붉은 꽃 이야기

하늘에 비친 나는 참말로 어여쁘네요
바람이 쓰다듬는 자태도 참 고와요
이리 고운 나를 두고
당신은 어느메 떠돌며 오지를 않나요

향기를 쫓아 찾아드는 이
당신인 척 나를 꺾을까
향기도 품지 않는 꽃 노릇을 하는데

이꽃 저꽃 따 모으는 벌과 나비
당신인 척 내게 안겨 올까
꿀도 배지 않는 꽃 노릇을 하는데

당신은 어느메서 오지를 않나요

오직 한줄기 붉게 새긴 단심
여드레 들락이던 해와 달이 시샘하여
내 눈물을 이슬로 거둔다는데

서럽게 애가 타는 나를 두고
당신은 어느메쯤 다다랐나요

태양의 제국

한 치의 앞도 보이지 않는 어둠의 틈이 열리고
희미한 새벽 여명이 밝아오거든
어김없이 태양의 위풍을 맞을 채비를 하자

태양은 곧 놀라운 기세로 하늘을 정복하여
밤을 몰아내고 낮의 제국을 만들 것이니
한동안 그 기세가 꺾일 줄을 모를 것이나

그도 노쇠하여 말도 없이 빛을 내려놓으리라.
하여 저마다의 무궁한 일들을 펼쳐가리!
그가 하늘을 가로질러 낮을 지키는 동안에

아침은 온다

여명이 열리기 전
한밤중 어둠을 틈타 내려왔던 저승의 것들은
장닭이 울기 전에 한바탕 놀아보려 분주하다
어둑한 새벽길에 앞장서 가는 이의 용기 따위 안중에도 없지
저들의 생사를 챙기기에 혼비백산할 시간이 다가오니
가거라, 처연히 안개 속을 뚫고 앞서가는 이여
그대를 길잡이 삼아 우리는 갈 터이다
어둠이 영원하지 않을 것임을 몸소 앞서가는 이여
새벽이 기어이 열리는 곳에
장닭이 힘차게 울어 재끼는 때에
우리는 그대와 함께 아침을 맞으리라

해맞이

내가 접어 보내는 내 소망들이 너에게 닿기를
소리로 닿을까 눈빛으로 닿을까 마음으로 닿을까
닿는 법을 난 모르지만 어떻게든 너에게 닿기를

내가 접어 보내는 내 소망들이 너무 많거든
하나를 고르든 두 개를 고르든 네가 골라주렴
고를 수가 없어 난
몽땅 소중한 바람들을 너에게 보냈거든

너무 많은 사람의 소망들이 너에게 닿았어도
그중 하나쯤 하며 내 것을 빠뜨리면 안 돼
그 소망을 네게 보낸 기대로
난 일 년을 살아갈 테니까 말이지

내가 접어 보낸 소망 중 너에게도 버거운 것이 있걸랑
체면 차리려 입 꾹 다물지 말고 꼭 말해주렴
내가 별에게도 달에게도 다시 접어 보낼 수 있게

봄볕 아래 빈 의자를 두겠습니다

데메테르의 온화한 미소가
대지를 깨우는 봄의 한켠
햇살이 사선으로 내려앉는 자리에
빈 의자를 마련해 두겠습니다

허허로움이 가득 스며 고독한 날에
봄빛이 무색하게 먼 산 보듯 앉으시거든
쌉싸름한 커피 한잔 내밀며
그저 같은 곳을 응시하렵니다

기쁨이 가득 넘쳐 즐거운 날에
꽃봉오리 터지듯 생기 담아 앉으시거든
생크림 듬뿍 딸기 라떼 내밀며
그저 함께 행복한 미소를 짓겠습니다

봄볕이 가득 흘러 들뜨는 날에
콧노래 흥얼대며 산보하다 앉으시거든
캐머마일 향기 담아 내밀며
슬쩍이 노랫가락 따라 부르렵니다

봄바람

부드러워
온화하고
이제야 풀어졌구나
사랑스럽게 안겨 오는 너
참 좋아!

쌩하게
차갑게
니 맘이 얼어붙어 있는 동안
난 어깨를 움츠려야 했잖어
옷깃을 한껏 여미고

살피고
눈치 보고
나가야 할지 말지
어떻게 피해 다닐까 했거든
속수무책으로

반가워

이런 느낌
어깨를 활짝 펴게 하고
숨을 한껏 들이쉬게 하는 너
봄바람!

새벽 산사의 풍경소리

새벽이 눈떠오는 산사에
풍경이 울리는 것은
그저 때마침 바람이 불어
당신이 듣게 되는 것이 아닙니다

새벽 찬 이슬 내린 산길에
고운 님과 걷는 당신
바람이 살짝살짝 곁에 서다
그 모습이 하도 정겨웠답니다

바람이 더 설레어,

외길 끝 이르는 절간에
잰걸음으로 먼저와
처마 끝에 여직 자고 있던
풍경을 깨워둔 것이랍니다.

사람 사랑

맑게 울리는 그 소리에
온 마음 가득 벅차도록
세월 묻은 두 손 꼭 맞잡고 오면
때맞춰 울려 달라 당부도 하였답니다

바람이 하였다네요!

사월

사월입니다.
대지의 만물을 깨우려 부지런히 애쓴
삼월의 햇살에 화답하는 것은

그리고,
미련을 떨치지 못해 심술만 남은
꽃샘추위 찬바람을 체념하게 하여도

사월입니다.
계절의 여왕이라는 칭송에 으쓱한
오월을 겸손하게 하는 것은

그리고,
알록달록 치장으로 뽐내는 가을 단풍에
연둣빛만으로 여유로운 미소를 짓는 것도

아무나 눈치채지 못하게 아름다운
사월입니다.

낙화

나보기가 시들하여 떠나는 날엔
돌담에 동백 꽃송이 얹으오리다
소월은 진달래를 뿌려두겠다지만
그 고운 미련을 어찌하리오
한잎 두잎 지는 여운 남지 않도록
사랑한 날들을 모두 품어서
뚝뚝 고운 송이 떨궈내려오

보시어요!
돌담에 동백 꽃송이 얹혀 있거든
차마 붙잡지도 못하는 나를 두고
봄빛 고이 난 길로 가시옵소서

피고 지고, 꽃

저마다 이유가 있겠지
하얗게 단정하든
분홍으로 안겨 오든
노랗게 부서지든

타고난 사연을 뿌리치지 못해
다르게들 피고 지는 거겠지

큰 가지에 높이 앉은 목련이든
중간치서 여백을 메우는 진달래든
낮은 언덕 지키고 앉은 민들레도

올려다보거나
동무하거나
허리 낮춰 어루만지며
봄이라는 이름으로 묶여지더라
어느 가장자리 수줍은 제비꽃마저도

사람 사랑

저마다의 사연으로 피고 지는 것이

봄날의 꽃이려니!

너도 나도, 꽃

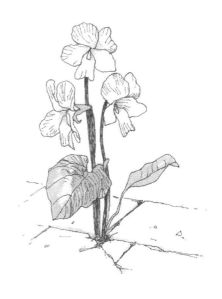

민들레

어느 날 눈을 떴지
낮은 구릉에 앉아!
지난봄, 따스함이 무르익던 날
들판을 내달리던 바람에 실려
얼마만큼을 날아 온 걸까?
햇살이 어루만지길래
뭘 할지 몰라 배시시 웃어버렸어
민들레가 폈다고
사방에 돋아난 풀들 호들갑스레 반기고
팔랑이던 나비들 날갯짓 풀어 반기고
복사꽃 곱게 물든 소녀 달려와 반겨줬지
하늘가 지나는 구름에게 한 번 웃고
하늘가 날아가는 새들에게 한 번 웃고
밤하늘 빛나는 별들에게 한 번 웃었지

따르릉 울리며 자전거 구르는 아저씨
눈길 한번 안 주고 휙 지나가는 사이
난 더 이상 노란빛으로 웃을 수 없게 되었어
후우~! 따순 입김 타고
마침 지나던 바람에 하얀 솜털로 실려
가늠이 없는 비행을 다시 시작한다
내년 봄, 어느 낮은 구릉에 잠 깨어 앉아
또, 배시시 웃고 있겠지

햇살이 가득 내리는 곳이길 빌어줄래?

저녁 하늘

그리 예쁜 도화지 한 장 내게 내밀면 어쩌라구
난 바람 건너 안녕이라 떨구는 널
보내주고 싶을 뿐인데
파스텔 빛 그라데이션으로 번진 색 도화지 한 장
네가 뭘 그려달라는지 알 수가 없어
반짝이는 별 하나를 얼른 찾아 붙였지

그리 찡한 엽서 한 장 내게 내밀면 어쩌라구
넌 바람 건너 안녕을 고하는 날
달래주고 싶을 뿐일 텐데
사랑 빛 그리움으로 번진 그림엽서 한 장
내가 뭘 그리워하는지 알지도 못하면서
반짝이는 별 하나를 잘도 찾아 붙였네!

이름

너에게……
참 곱다고 말해주고 싶어

네 이름을 모르니
너를 향한 나의 탄성은
온 산에 울리는 메아리가 되잖아

이렇게……
스쳐 가는 하나로 잊고 싶지 않아

너의 이름을 안다면
정말 좋겠어!
참 곱다고 말을 걸어 볼 텐데

꼬마 숙녀

아이야
너는 꽃으로 피어나자

이제야
껍질 한 겹 벗어내고

한껏 귀여움을 터뜨려
사랑스러움을 받아 들었으니

이 같은 순수의 감격이
언제 또 오늘과 같았으리오

아이야
너는 활짝 꽃으로 피어나자

오월

오월 햇살 아래서는
보고픔에 눈물 나는 날 없기를

청보리 영글어 듬뿍 담기고
아카시아 향기 지천에 날면
장미도 사랑하라 피어나리

오월에 올라탄 우리는
넘실넘실 푸르른 파도 타고
사랑하는 이 곁으로 가자

달콤한 장미 덩굴 아래 서서
오월의 온도만큼 사랑하리

꽃양귀비 - 5.18

소리 없는 아우성 가득한 오월의 산야에
꽃양귀비 한가득 어여쁘구나
새빨간 혈흔을 눈물로 찍어내며
한 서린 아픔을 가두려는가!
제발 고통 없이 하늘에 닿았기를
하늘거리는 몸짓…… 임의 혼을 달랜다
밥 짓던 아낙들 붉은 횃불 치켜든
몹쓸 기억을 뿌린 이…… 그 누구인가!
연유도 없이 이르게 꺾여진 임들은
하늘 강을 끝내 건너지 못해
너울거리는 꽃송이로 피었다

꺾은 이는 말이 없이 태연하기만 한데
꽃양귀비 가득한 산야에 서서
이토록 뭇 맘들은 아프기만 하구나!

사람 사랑

물초

요즘 들어
그루잠이 잦아지는 건
당신이 보고 싶어서예요

자울자울 흐려지는 꿈속으로
그리운 마음 차라리 재우려고!

하루 종일
장맛비에 젖어 드는 것도
당신이 보고 싶어서인걸

그리움에 흠뻑 젖은 물초
창밖의 빗줄기만 맥없이 탓하네요!

고백

뜻하지 않게 만나진 너,
낯설지 않음이 시작이었을까!

들킬까 딴청 부리던 나,
잔잔히 일던 설렘이 시작이었을까!

환한 햇살 머금은 공기의 환호성들이
너를 감싸 내게 내민 순간

그랬나 보다.
시작이었나 보다. 지금 내 옆에 있는 너

예쁘다

네가 예쁘다

날 보고 웃어주는 미소가 예쁘고
둥글게 감싸오는 목소리가 예쁘고
말도 안 되게 간직하고 있는 순진한 눈빛이 예쁘고
멋쩍음이 묻어나는 너의 손짓이 예쁘고

저만치서 다가오는
그렇게 예쁜 너를 비추는 햇살마저 예쁘다

있잖아요

있잖아요
당신을 사랑해요

꼭 당신의 입맞춤으로 깨어날 거야
산새 우는 창가 향기로운 모닝커피
풀 내음 아침을 입은 당신이랑
손 꼭 잡고 산책을 나설 거야
살랑이는 바람도 끼워주게요

꼭 점심은 당신과 맛있는 걸 먹을 거야
구름 잡은 창가 자연과 사람을 노래하며
한소끔 내 무릎에 잠든 당신 깨워
웃을 줄 아는 이들 찾아 마실을 나설 거야
한풀 꺾인 햇살도 끼워주게요

사람 사랑

꼭 당신과 나란히 지는 해를 배웅할 거야
우리가 보낸 하루 얼마나 다정했는지
내내 지켜본 해는 분명 시샘이 나
새빨갛게 붉어졌을 테니
노을 참 예쁘다 달래서 보내주게요

있잖아요
당신만 사랑해요

짝사랑

사랑 꽃 피어나는 것은
마음과 이성의 영역 밖이라
머리 아닌 가슴의 일이 아니요
가슴 아닌 머리의 일도 아닌 것을요

그 시기도 그 크기도
알 수 있는 일이 아니어서
준비 없이 툭 벌어진 꽃봉오리
이미 내가 어찌할 수 없는 것을요

당신 향해 피어난
이 꽃을 보아요
이왕에 피었으니 빛도 주고 물도 주지
당신에겐 꽃이 아니다 시들라 하네요

피어날수록 이 꽃은

집착이라며 나를 갉아먹을 것이요

부담이라며 당신을 옭아맬 테지요

야속하게도 이 꽃은

상사의 병이 되어

이리도 사랑이라는 이름을 부여안고 있네요

이별 I

난 이별을 했지!
심장에 살던 사랑이
홀연 달아났는데
내 심장은 딱딱한 고체인가 봐
사랑이 떨어져 나간 자리가
그대로 비어버렸어
너무 아파
내 심장이 흐르는 액체라면 좋았을걸
사랑이 떨어져 나간 자리가
흘러내려 메워졌을 테니까

난 이별을 했어

눈동자에 담아내던 사랑이

온데간데없는데

내 눈물은 하필 흐르는 액체잖아

사라져 버린 사랑을 찾아

끝없이 눈물길로 흘러

한이 없어

내 눈물이 딱딱한 고체라면 좋았을걸

사랑 찾아 내린 눈물 똑 잘라내

그만 멈출 수 있을 테니까

난 어쩌다 이별을 했지?

유체 이탈

와인 한잔하실래요?
와인병이 말을 건다
그래, 한잔할까?
가볍게 생각하며 쪼르륵
홀짝 한 모금은 달달했어
홀짝 두 모금도 달달했지
한 잔을 비우는 건
그저 모든 근육에 휴식을
두 잔을 비우는 건
갇힌 새에게 자유를
세 잔을 비워 갈 때쯤
중력의 힘을 새삼 느끼지
유체 이탈
말짱하게 맑은 정신은
바닥으로 퍼져가는 몸을 바라본다
꼴딱 젖은 식빵 같다

와인에게 당했다

이별 II

너를 참는다

숨을 참는다
숨을 내쉬고 다시 들이키면
네가 들어온다
너의 얼굴
너의 눈동자
너의 미소
너의 손길
너의 품 안의 온도
너라는 하나가 들어온다
다시 난 비워냈던 너로 가득 차
난 온통 네가 될 테니 양옆에 붙은 도돌이표
원점으로 돌아갈 수 없다는 걸 안다

삶을 참는다
살아갈 생각을 다시 하는 순간
너부터 내 안에 살아
너의 숨소리

너의 발소리

너의 목소리

너의 노랫소리

네가 부르는 내 이름

너라는 하나가 들려온다

다시 내 안에 지워냈던 너는 살아나

난 너를 붙들고 살아갈 테니 출구 없는 회전 로터리

온전히 살아질 수 없다는 걸 안다

의식은 깊은 바다

모든 감각을 마비시키고서야 나는 숨을 쉰다

잔뜩 웅크려 모아

몸뚱이가 점이 되고 말아야 나는 살아있다

일상의 운용을 잊은 나의 세계는

시간을 다 잡아먹는 점에 갇혀있다

너만이 빠져나갔을 뿐인 나의 시공은

불 꺼진 방이 되어 까맣고 까맣고 까맣다

아메바와 빛의 조각들이 유영하는 시간의 저 편안에

나를 넣어둔다, 너를 참는다

숨을 참는다

삶을 참는다

한 점이 되고 만다, 너를 참는다

손돌바람

묵묵한 그 마음을 내비칠 줄 모르던 뱃사공
급히 쫓기는 왕을 보는 그 심정에
늙은 어버이 고이 섬기듯 충정이 담겼다

삼킬 듯이 짙푸른 물살 읽어내어 띄웠건만
야속히 닿지 못한 왕께 내민 충정에
그 목숨 허망히 거두어지니 손돌바람이어라

소설에 눈 내리지 아니하고 세찬 바람 불어오거든
그저 뱃사공의 노래 한 자락 불러주오
바람이라도 긴긴 겨울 살다 가라 불러주오

무녀

치맛자락 올려 잡은 손가락 타고
으쓱 올라붙은 어깨도 타고
사뿐히 들어진 뒤꿈치에 이는
바람을 부리더이다. 무녀는

살포시 불어와 격하게 휘어 감고
한바탕 격랑 끝에 풀썩 내려앉고
휘리릭 속곳 안에 굽이쳐 이는
바람을 그리 타더이다. 무녀는

갈대 되어 이리보오 흔들거리고
팽이 되어 어지러이 돌아 오르고
사슴인 양 뜀박질 숨 가쁘게 이는
바람이 쉬이 되더이다. 무녀는

뉘라서 고운 한 떨기 꽃이라 하고
뉘라서 팔랑이는 나빌레라 하오
천 가지로 나부끼어 눈앞에 이는
차라리 바람이더이다, 무녀는

꽃차

찻잔 속에 노란 스펀지 한 알
쪼로록 뜨거운 물에 안겨
꽃봉오리 피어난다

사뭇 꽃을 기억하는 법을
꽃차 만든 아재는 알았구나!

빛깔과 향기
찻잔을 물들이며 퍼지면
오롯한 꽃의 기억이 눈에 담긴다

꽃의 기억을 빗장 걸어 가두는 법도
아재는 참말 알았구나!

바람과 햇살을 품었던 날들
비와 새와 구름에 전해 들은 이야기
벌과 나비와 애닳게 나눈 연정까지

빛깔 되고 향기 된 기억들이 있었노라
빗장 풀린 한 송이 꽃, 눈에 대고
속삭인다

꽃을 거둔 아재의 손길마다
임 그리며 고이 담은 사랑이 있었노라
그 사랑이 보이느냐, 눈에 대고
속삭인다

Part 2

삼 형제

"민영아! 여기!"

민영이에게는 오빠이자 친구인 규중이가 두리번거리는 민영이를 부른다.

반가움에 활짝 웃으며 다가서는 민영이를 한 자리에 선 삼 형제는 복제된 표정으로 반긴다. 어쩌면 그들에게 민영이는 지나고 건너온 아픈 시절을 승화시킨 이름이다. 넷 사이에 흐르는 끈끈한 동질감은 그 울타리 안에 아무도 넣지 않겠다는 듯 이 순간 서로를 묶어내고 있다.

"밥은 많이들 먹었어?"

"응! 우린 밥은 먹었지."

"그럼 간단히 호프집 같은 데로 들어갈까?"

"그러자! 오랜만에 보니 좋네."

민철이와 민영이 사이엔 규중이와 민기가 낄 수 없는 한 줄의 연결고리가 더 있는 느낌이지만, 어쩔 수 없는 혈연의 힘은 넷 사이에 묵과되고 또 인정되고 있다. 가부장적 질서로 이어져 온 한국 사회이기에 그러하다고 밖에 설명할 수 없다.

"사장님! 충전 좀 할 수 있을까요?"

으레 일어나는 배터리 부족은 오래된 핸드폰으로 인해 겪는 불편함이지만, 모든 일에 무던함으로 사는 민영이에게는 습관으로 지고 사는 것이다. 호프집 한 테이블에 자리 잡은 네 사람은 흐뭇한 미소에 따뜻함을 담은 눈빛으로 서로를 응시한다.

"사장님!"

항상 유쾌하고 넉살 좋은 규중이 호프집 주인을 불러 맥주와 육포를 시킨다.

이제 쉰둘. 쉰하나, 쉰, 마흔둘이 되어서일까……. 요즘 부쩍 동생들 앞에서 옛 기억을 더듬고 마치 잊고 싶지 않다는 듯 판화를 찍어대는 민철이다. 세 동생은 번듯한 중소기업 사장이 된 지금의 민철이가 세상에 맞서 유세를 부릴 수 없었던 스무 살 청년 민철이에게 나보란 듯이 얘기하고 싶어 한다는 걸 알고 있다. 또, 민영이도 규중이도 민기도 같은 심정으로 어린 시절의 그들에게 허스레를 떨곤 한다.

"이제 좀 놀기도 하셔, 사장님!"

민영이는 언제나처럼 회사 로고가 박힌 점퍼를 입고 있는 민철이에게 웃으며 말을 건넨다.

"그래야지, 그런데 아직도 노는 건 잘 안되네. 일할 때가 제일 편해."

민철이는 벌써 얼큰히 취한 표정으로 대꾸한다.

"우리 진짜 고생들도 징하게 했지." 규중이의 말에

"그래도 민영이가 제일 고생이 많았지!"라며 맥주 한

잔을 또 따르는 민철이는 민영이의 손을 꼭 쥔다.

초등학교 6학년이 되자마자 돌연 집을 나간 아빠였

다. 원망할 줄도 모르던 여자아이는 눈물을 자꾸 훔쳐

대는 엄마를 따라 동생 둘과 함께 고향 산골 마을로

돌아왔다. 민영이 엄마가 삼 남매를 데리고 고향마을

에 내려온 날 큰외숙모도 새 큰엄마도 모두 집을 비우

고 출타했다. 세 손주와 며느리를 붙잡고 같이 눈물만

흘리시던 민영이 할머니는 동네 오랜 친구에게 부탁해

삼 남매가 머물 집을 구했다.

갑작스러운 일이었다. 아빠가 없어진 것도, 도랑가

허름한 집에서 삼 형제만 덜렁 살게 된 것도, 서울서

일하고 한 달에 한 번 내려오는 엄마를 날을 꼽아가며

기다리게 된 것도, 갑작스럽게 일상이 되어버린 일이

었다.

6학년, 13살 나이에 민영이는 동생들과 밥을 해 먹

고, 서로 챙겨 일어나 학교에 가고, 위뜸, 아래뜸, 뒷산,

앞산, 냇가를 돌며 놀다가 해지기 전에 도랑가에서 빨

래하고 잠들었다. 지금도 한스럽고 안타까운 그 시절

의 사건 하나, 되돌리고 싶지만 되돌린다고 뾰족한 수

가 있었을 것 같지도 않은 그 일은 남동생의 입술에

두껍게 흉터로 남았다. 막냇동생이 학교 운동장 그네를 타다 떨어졌고, 입술이 터져 피가 철철 흐르는데, 병원도 없고 엄마 아빠도 없는 산골 마을에서 어린 누나는 부둥켜안고 같이 우는 것밖에 할 수가 없었다. 이렇다 할 치료를 못 받고 꿰매지도 못한 채 아문 상처는 동생의 입술을 두툼하게 만들어 놨다. 그래도, 본인은 잘생겼다고 씩 웃어대는 남동생을 볼 때마다 마음 한 구석의 괜한 죄책감으로 엄지를 치켜세우는 민영이다.

그 일이 있은 지 얼마 후에 엄마는 동생들을 서울로 데려가셨고, 민영이의 큰집 더부살이가 시작되었다.

추억이라기엔 아련함이나 아름다움이 없으니, 기억이라고 칭할 어릴 적 일들을 회상하며 민영이의 시선은 규중이에게 향한다.

민영이의 새 큰엄마가 시집오면서 데리고 온 규중이는 유난히 눈치가 빠삭하고 좌중을 즐겁게 하는 면이 있다.

규중이도 어린 시절이 떠올라서인지 슬쩍

"얼마 전에 외삼촌을 봤는데 이젠 감흥도 없더라구."
하며 회상에 잠기는 눈빛이다.

네 살 때 서울서 제법 잘 나가는 사업체를 운영하던 규중이 아버지가 돌아가시고, 사회 물정을 모르던 규중이 엄마는 그 사업체를 지켜내지 못하셨다. 삼촌 집에서 눈칫밥 먹었던 기억은 지금도 곱씹어지는 안줏거리다. 학교도 보내주지 않아 아홉 살이 되어서야 입학하는 바람에 한 살 어린 민영이와 한 학년을 같이 다녔다. 그래서 규중이에게 민영이는 동생이자 친구이고 사촌이지만 남인 그런 존재다.

규중이에게도 어느 날 갑자기 일어난 일이었다. 새아빠가 생기고 형이 둘 생겼으며 꼬장꼬장한 할머니와 앙칼진 여동생이 한 명 더 생긴 건, 어린 규중이의 의사 따위 상관없이 어른들의 합의에 따라 결성된 일종의 동맹에 따른 일이었다. 그래도 눈치 보며 살던 삼촌 집보다는 엄마와도 한집에서 살게 되고 대가족의 일원이 된 따뜻한 보금자리가 싫진 않았다.

또한, 어느 날부터 같이 살게 된 민영이는 자신의 처지와 다르고도 닮아있어서 마음 한편 애틋함으로 감싸게 되는 사촌 동생이었다. 어른들과 같이 농사일을 해내는 민영이가 안쓰러워 괜스레 자신에게 심통을 부리거나 투정하는 것도 그저 받아주곤 했다. 똑같이 일하고 놀고 해도 항상 1등을 놓치지 않는 민영이가 연구대상이라고 기특한 어투로 말하곤 했다.

옆에 앉아 연신 맥주잔을 들어 올리는 민철이를 바라보며 규중이는

　　　　　　　　　　　　　　사람 사랑

"따지고 보면 형이랑 한 살 차이밖에 안 나는데, 그 땐 형이 참 어른같이 의젓해 보였어! 웃기지 않냐? 민영아?"

하며 동의를 구하듯 민영이를 바라본다.

눈웃음으로 대꾸를 대신한 민영이는 민철이도 지금 순간 옛 기억을 더듬고 있다고 느꼈다.

초등학교 1학년, 어린 민철이에게도 그것은 갑작스러운 일이었다. 슬퍼할 줄도 모르는 나이에 둘도 없이 내 편인 엄마가 돌연 사라져 버린 건, 분명 갑작스러운 일이었다. 아빠도 할머니도 잘 설명해 주지 않았고, 그저 어른들이 말하는 것을 들은 바로는 엄마가 신작로에서 쓰러져 병원으로 옮겼으나 죽었다는 것이었다. 얼마 지나지 않아 새엄마가 들어왔고, 조금 지나 규중이와 규연이가 들어왔으며 2년 후 민기가 태어났다.

어려서부터 과묵하고 어른스러운 아이였던 민철이의 일상에 동생 셋이 더해지더니, 사촌 동생인 민영이까지 한집에서 살게 된 것은 차근차근 새로운 퍼즐을 맞추듯 민철이의 일상을 바꾸어 놓았다. 학업으로 전주에 나가 있는 형을 대신하여 여동생 민정이와 늘어난 동생 넷에게 맏이 노릇을 해야 했다. 그러한 와중에도 다행히, 많은 동생 중 특별히 모나게 행동하는 아이가 없었고, 규중이와는 손발이 척척 맞는 의좋은 형제 사이가 되어 갔다.

잠시 흐뭇한 미소로 규중이를 바라보던 민철이는
"중학교 때 소풍 갔던 생각 나니? 민영이가 쓴 대본
으로 규중이랑 친구들이 연극을 했었잖아! 진짜 재밌
었는데! 규중이 끼가 아깝다니까!"
하며 규중이와 맥주잔을 부딪친다.
언제나 유쾌하게 좌중의 마음을 휘어잡는 규중이의
화술과 상대를 배려하는 따뜻한 심성을 높이 사는 민
철이다.

"사실 뭐! 형들이 받아들이지 않았으면 난 이 자리에
없는 거였지!"
불쑥 들어온 민기의 말은 마치 잔치를 끝내는 축포
와 같이 한가운데로 쏘아 올려졌다. 민영이의 머릿속
엔 일순간 '핏줄'이라는 것에 대한 무수한 생각들이 스
친다.

그랬다. 큰집에 있던 그 시절, 민영이는 항상 민기의
존재가 어쩌면 큰집 여섯 남매를 잇는 끈 같은 거라고
생각했었다. 그런데, 민기는 의외로 정반대의 생각을
한 채로, 지금껏 그런 감정을 이겨내며 살아온 것이다.
둘이어서 어느 쪽으로도 속할 수 있다는 생각이 아닌,

반반이어서 어느 쪽으로도 속할 수 없을 거라는 생각을 품고 살아왔다니! 어린 시절, 모든 식구의 사랑과 이해를 독차지하며 자란 늦둥이 막내에게서 의외의 말을 듣는 순간이었다.

서로 다른 핏줄이 모인 여섯 남매!
그러나 그중 삼 형제는 삶의 반평생을 지나, 또는 그쯤을 향해가며, 서로의 처지들을 보듬고 허심탄회하게 나누는 의좋은 모습으로 이 순간에 있다. 그 셋을 바라보며 잠시 관람객이 된 민영이의 가슴엔 왠지 모를 벅참이 가득히 자리한다.
사람은 어디까지 너그러워질 수 있는가! 그리고, 저 셋을 묶어내는 힘은 어디서 오는 것일까!

호프집을 나와 한참 서서 작별 인사를 나누고 집으로 향하는 길, 산골 마을 중1 여자아이 민영이는 사촌 형제들과 아랫목에 앉아, 문풍지 울리는 샛바람을 등지고, 아궁이에서 방금 꺼내 온 군고구마를 먹고 있다. 그 맛은 지금도 참 달다.

할배 새

아빠 새는 날아가 버린 둥지
앞다투어 입 벌리는 아기 새들
엄마 새마저 먹이 찾아
무거운 날갯짓으로 날아갔어

늙어진 할배 새는
남겨진 아기 새들을 품었지

머루 다래 포리똥 따 나르고
돌덩이 같은 손, 새끼줄 엮어 그네 태우고
산처럼 커다란 날개 펼쳐
밤이슬을 막았지

몰래 삼킨 눈물을
별은 보았을까

세월 따라 자란 아기 새들은 몰랐어
할배 새가 왜 그런 빛으로 웃는지!
이제라서 짐작이라도 한들
할배 새는 벌써 벌써 하늘도 넘어 날아갔지

그 속에서 놀던 때가 그립습니다

분명, 진달래꽃 피던 뒷동산에
너른 바위 올라앉아 놀던 아이는
슬픈 마음 한 조각 박혀 있었거든

정말, 복숭아 자두 익어가던 과수원길
탐스러움 떨쳐내며 웃던 아이도
슬픈 마음 한 움큼 박혀 있었거든

진심, 수양버들 춤추던 강가에
조약돌 모아 물수제비 뜨던 아이는
마음 한구석 슬픔이 박혀 있었어

그런데도 말이야, 그립다
그 아이 놀던 곳 놀던 때가 아득히
눈감을 때까지 그리울 테지

눈감을 때가 되면 더
그리울 거야

엄마의 기억

그날은 무척 햇살이 밝은 날이었다. 고작 작년과도 눈에 띄게 기력이 달라지신 엄마와 자꾸 시간을 보내야 한다는 생각이 드는 즈음이었다. 나서기를 마다하지 않으신 엄마를 태우고 1시간 30분 정도 차를 몰아 어죽을 먹고, 내비게이션을 켜 그 근방 제법 큰 카페에 갔다. 커피를 시키고 빵을 담아 계산하고 뷰가 좋은 2층 창가에 앉았다. 엄마는 차를 타고 이동하는 내내, 또 카페에 앉아서도 짬 없이 말씀을 이어가셨다. 우리 엄마가 이렇게 수다스러우셨나 미소가 지어졌다.

한참을 이런저런 얘기를 하시던 엄마의 기억은 일찍이 하늘로 간 큰엄마에게 닿았다. 무디게도 착한 양반이었다고, 일만 지독히 하다가 갔다고, 작은 동서가 되어 말씀하신다. 그해 고추가 잘 되어 큰아버지가 가을에 고추 낸 돈으로 그 해 큰엄마 생일에 금가락지랑 목걸이를 해 준다 했단다. 그래서 '형님아! 나도 꼽사리 끼어 가락지 하나 해주오.' 했는데 '그려! 기다려 보자고~잉' 하시던 살가운 형님을 떠올리셨다. 끝내 생일을 두 달 남겨두고 논에 새참 내고 돌아오는 길에 쓰러져 그 길로 황천길 떠나셨다고, 지지리 복도 없는 양반이라며 허공을 보신다. 온 동네 사람들이 큰엄마의 돌연 사를 안타까워했더란다. 어릴 적 보았을 내 기억 속의 큰엄마는 커다란 새참 고무 다라를 머리에 이고 걸으 시는 모습이다.

자연스레 새 큰엄마 얘기로 옮겨가며 돌아가신 외할 머니가 소환되었다. 새 큰엄마는 외할머니의 먼 친척이 었단다. 외할머니 고향마을인 덕적골은 전 씨 집성촌 이었고 새 큰엄마도 그 마을의 전 씨 처자였다고. 홀아 비가 된 사내와 과부가 된 여인네를 외할머니가 중매 하셨단다. 큰아빠가 돌아가시기 전까지 두 분은 마을 에 귀감이 될 만한 부부셨으니 외할머니가 중매를 참 잘하신 셈이다.

외할머니 얘기가 나오니 엄마는 어느새 어린 계집아 이 재순이로 돌아가 기억을 더듬어 가셨다. 국민학교 다닐 때, 아버지가 끌어주는 달구지를 타던 기억, 뒷산 넘어 방죽 지나 한참 떨어진 마을인 검달에 사는 친구 들과 놀다가 플래시 하나에 의지하여 밤 산길을 겁먹 은 채 달리던 기억, 지게 지고 오시는 아버지에게 달려 가 매달리던 기억, 엄마 몰래 양은 냄비 들고 가 엿가 락 바꿔 먹던 기억, 영락없이 개구진 산골 마을 여자 아이가 되어 계셨다.

재순이는 그렇게 친구들과 해가 지도록 돌아다니며

놀기 좋아하고 다정한 아버지가 마냥 좋던 철부지였는데, 엄마가 아프면서부터 일상이 달라졌다. 위로 오빠와 아래로 줄줄이 있는 동생 넷의 끼니를 챙기고 집 안 청소부터 살림살이들을 돌보는 것이 모두 큰 딸 재순이의 차지가 된 것이다. 친구들이 학교에 갈 때 가지 못해도 무엇을 대상으로 누구를 대상으로 원망할 수도, 원망할 새도 없었다. 날이 갈수록 쇠약해지는 엄마와 엄마의 병세를 호전시키기 위해 가산을 처분해 가며 용하다 하는 병원을 쫓아다니시는 아버지를 대신해 어린 재순이가 감당할 것들이 너무 많았지만, 형제 중 가장 자그마한 체구에도 야무지고 바지런한 재순이었다.

끝내 외할머니는 50이 안 되는 나이에 돌아가셨고, 외할아버지의 건장하신 풍채도 야위어 가셨다고 한다.

엄마도 엄마의 엄마의 딸이었다. 엄마의 아빠의 딸이었다.

순간 코끝이 찡하고 눈물도 주책없이 새어 나와 얼른 훔쳐냈다. 엄마는 회상을 마무리하시고는 나를 물끄러미 보셨다. 큰딸로 살아온 인생을 물려받고 있는 큰딸을 정말 물끄러미 보셨다. 가끔 하시는 미안하다는 말을 또 하셨다.

그 순간 알 수 있었다. 엄마의 '미안하다'라는 말은 장녀로 살아낸 재순이를 향한 말이라는 것을! 길게도 겪어낸 인생의 고달픔과 모든 회한으로부터 재순이를 끄집어 일으켜 세우는 주문 같은 거라는 걸!

작은댁

머나먼 기억 너머 그녀는
툇마루에 앉아
또, 길쌈채비질을 한다

큰할매 괜한 불호령에
눈물 쏙 빠지면
못 들은 척 돌아앉아

다섯 아들 큰할매 옆에
더없이 다정해도
허한 마음 달래 앉아

논일 밭일 하다 하다
나 죽겠소!
심통 삼키고 앉아 길쌈채비질을 한다

큰할매 저승길 떠나간 날
형님 어이 가오
없을 법한 통곡 소리 목 놓아 울었다

사람 사랑

목화솜 곱게 이고
앉은뱅이 되어서는
'왜 그리 살라 했는가 징하게도 살았소'

뒤돌아 훔쳐내는 한 움큼 별들을
어찌하라고, 내 가슴에 박아 넣고
내 기억 속 그녀는 웃으며 앉아
또, 길쌈채비질을 한다

큰댁

이보게 동생!
언제 그렇게 주름살이 번데기가 되었는가!
그 목화솜 하얗게 인 머리는 뭣이고
내가 눈감는 날
먼저 간 서방을 보는 것이 기쁜 것보다도
남기고 가는 자네가 참 어여뻤소
나 없이 아들 다섯 품에 끼고
편히 자네 세상 만나 허리 펴고 살라
내 그리 급히 왔더만
어째 내가 없어도 그리 고생하였는가!
허리 굽은 앉은뱅이 되어서는
그리 눈물 빼는 자네를 보고 잡던 게 아니여

이보게 동생!
지금 보아도 내 눈에 얼마나 어여쁜지 아는가?
아들 못 낳는 죄로 자네를 들이고는
자네가 얼매나 예쁘고 고와 보이는지
서방도 밉고 시어미도 밉고 자네도 밉고
그것은 사람의 이치가 아니었겠나!

사람 사랑

그리 한 식구 되어서는
내 성질 바가지를 다 받아내고
성 한번 안 낸 사람이지, 동생은
그런 사람이었지, 무던히도 고운 사람!
내 옆에 와 봤자 뭣하겠는가, 또 쿠사리나 먹겠지
천천히 오시게! 어여쁜 사람

그 아인 그래

곰탕집 마당 한 편 창고에는 맥가이버가 울고 갈 만큼 갖가지 공구들이 가득 차 있다. 그곳에 들어가 앉아있자니 그 아이가 메타버스 아바타처럼 서성거린다.

180의 키에 조각보가 패치된 듯 작아 보이는 곰탕집 앞치마를 두르고 주방을 책임지고 있는 그 아인, 원래는 그런 아이였다. 말짱한 라디오를 뜯어서 고장 내던 아이, 커다란 장난감 총을 선물 받은 날 분해해 버리던 아이, 나갔다 집에 돌아오는 두 손엔 뭔가 고철 덩어리를 항상 들고 들어오던 아이, 그랬다. 그렇게 자동차 정비 관련 고등학교에 진학했다.

그런데 군대라는 곳은 또 그러했다. 많은 장정에게 심정적인 변화를 주는 그곳은 그 아이에게서 맥가이버를 빼앗아 갔다. 손에 기름때 묻히고 살지 않겠다며 제대 후 이것저것 알바를 하더니만 어느 날 갑자기 마스크팩 공장 사장이 되었다.

그 아인 또 그랬다! 덜렁덜렁 붙임성 좋고, 어떤 자리든 즐겁게 만드는 힘이 있고, 더군다나 자기 외모에 대한 자존감을 앞세워 누구에게나 넉살 좋게 너스레로

사람 사랑

다가서는 입담꾼이다. 그리고 의지하고 신뢰하게 하는 힘이 있다. 그렇게 쌓은 인복으로 공장 터를 제공받고 기계들일 자금을 투자받아 마스크팩 공장을 시작했다. 누구나 살면서 세 번의 기회는 온다는 말 중 한 번이었을까! 사업이 잘 꾸려졌다. 잘 나갈 때면 식구들 앞에 자주 나타나는 그 아이 덕에 그 무렵 집안 식구들은 좋은 식당들을 뻔질나게도 다녔다. 점점 매출이 커지자 아웃소싱 업체에서 좀 더 욕심을 내어 자기 브랜드와 제품을 개발하고 생산하는 단계까지 이르렀다.

그런데, 화무십일홍을 핑계로 삼기에는 너무도 빠르게, 이르게 봄을 맞던 꽃이 고작 꽃샘추위에 얼어 나가듯, 피던 꽃이 피다 말고 지는 시련이 찾아왔다. 마스크팩 공장의 잘 나가는 사장은 기능공을 타고 난 그 아이가 갈 길이 아니었나 보다. 일반 국민의 의사와는 무관하게, 그리고 국민의 삶과는 무관하게 결정되는 국가 행정이 그 아이를 나락으로 밀어냈다. 중국 바이어와 교역을 체결하려던 즈음에 사드 사태가 터졌고, 국내 소비량만으로는 견뎌낼 수 없는 남동공단의 화장품 관련 업체들이 중국의 한한령에 쓰러져 갈 때, 나비 한 마리가 버거운 날개를 지고 태풍을 이겨낼 수 없다는 것을 증명이라도 하듯, 그렇게 애써 일구었던 공장은 도미노의 한 조각이 되고 말았다.

상황이 여의찮을 때면 가족들에게서 숨어버리던 그 아인 이번엔 영흥도라는 섬 끝자락까지 들어가 웅크렸다. 영흥도에서 낚싯배들을 수리해 주고 보관해 주는 일로 터를 잡았다. 그것도 물론 무일푼이 된 그에게 순전히 사람만을 보고 투자해 준 가진 사람들의 도움으로 시작했다.

영흥도에서도 그 아이의 친화력은 빛났다. 얼마 되지 않아 영흥도 주민들과 형님 동생 하며 영흥도 사람이 다 되더니, 이번엔 느닷없이 곰탕집을 하겠다고 나섰다.

폼생폼사로는 둘째가라면 서러울 아이가 곰탕집을 한다고 하니, 한동안 그러다 말겠지 하다가, 또 기도 찼다가, 잘 생각해라 말렸다가……. 결국은 한 달을 곰탕 끓이기에 매달려 국물 맛을 완성한 그 아이를 응원하기에 이르렀다. 엄마까지 주방보조를 하시겠다며 나서시니 식구들이 모두 곰탕집 군단이 되었다.

그 아인 또 그런 아이다. 1년 만에 매출이 일정한 식당을 일구어냈고, 워라벨을 실현하는 식당 주인이 됐고, 영흥도 토박이처럼 바다의 생태와 갯벌의 운용을 접수하는 어촌의 촌부가 되었다.

이제 그 아인 여유로운 시간에 식당 마당에서 철제 난로를 만드는가 하면 화로를 만들기도 하고, 바비큐 통을 만들기도 한다. 빙 둘러앉은 식구들 앞에서 어깨를 잔뜩 세운 채 시연을 해댄다. 그럴 때면 그 아인 세상 다시 없는 행복한 얼굴의 사내가 된다. 몸무게 구십 킬로 곰탕집 사장님은 마당 한편 갖가지 공구들이 가득 찬 창고 안에 자아 정체성을 보관해 두고 가끔 꺼내어 꼼지락거린다.

커피 한잔 들고 책을 펼친 내 옆에 꼬맹이 시절 맥가이버 그 아이가 서성거리고 있다.

소낙비 오는 날엔

세찬 비가 세상을 휘젓는 날엔
너를 만나고 싶다

딴전 피울 겨를 없이
거센 비바람 따돌려 낸 나를
어서 오라!
활짝 맞아 줄 너라서

장대비가 세상을 뭉그리는 날엔
너에게 가고 싶다

패인 상처 메울 새도 없이
거센 빗줄기에 두들겨진 나를
이제 됐어!
따스하게 안아줄 너라서

사람 사랑

비 오는 날의 수다쟁이들

비가 오는 날엔 도란도란 수다쟁이가 되지
창가에 내려앉는 동글동글 빗방울들과
나무 그늘 줄지어 숨어든 참새떼들과
하늘을 빈틈없이 채워 든 먹구름들도

살금살금 가슴에 소환돼오는 옛 추억들과
탁자를 건반 삼아 두들기는 손가락들과
후둑후둑 빗방울에 까닥거리는 나뭇잎들

커피향도 끼어보겠다고 날아든다

소원, 추억이 되어

"누님? 오늘도 도와주실 거죠? 오늘은 신천동이랑 은행동 쪽을 돌면 됩니다."

늦깎이 새신랑인 미용협회 사무국장 재경 씨가 아침 일찍이 전화를 했다.

미용실마다 회보 돌리는 일을 그날도 좀 도와달라는 것이었다.

"알았어! 오늘 다행히 시간이 되네."

항상 나의 궂은 부탁도 마다하지 않는 동생이라 웬만하면 제칠 수 있는 일들을 머릿속에서 걸러내고 응했다. 하루 종일 운전할 각오로 편안한 복장에 슬립온을 신고 미용협회 사무실이 있는 건물 주차장으로 갔다.

재경 씨와 미용실마다 돌릴 회보를 잔뜩 싣고는 신천동으로 넘어가 골목골목 누비기 시작했다.

"누님 운전은 겁나 죽겠다니까!"

고마움을 너스레로 대신하는 재경 씨에게

"나나 되니까 이렇게 빨리 돌리는 거야!"

호탕하게 받아치며 줄어드는 회보 뭉치들을 가리켰다.

"밥 먹고 하시죠! 벌써 12시가 넘었네요."

재경 씨가 이렇게 얘기하니 갑자기 배가 고픈 느낌이 확 들었다. 마침 지나던 골목 입구에 '코다리조림'을 크게 써 붙인 식당이 보였고, '안에 큰 홀 있음'이라고 써 붙인 글귀를 읽으며 정말 좁고 허름해 보이는 식당 문을 열었다.

"정말이네!"

우리 둘은 밖에 써 붙인 글귀의 진위를 확인하고는 익살스러운 눈빛을 교환하며 안으로 쑥 들어가 자리에 앉았다.

주문한 코다리조림이 나왔고 첫술에 기대치 않게 맛있다는 눈빛을 또 한 번 교환한 뒤 끼니를 챙기는 일에 서로 집중하느라 대화가 잦아들어 갔다. 그때, 등 뒤 테이블에서 들려오는 할머니 세 분의 대화 소리가 나의 청각을 곤두세웠다.

젊은이들이 전동킥보드를 위험하게 타고 다닌다, 요즘엔 공유 킥보드가 있더라, 그냥 타는 건 아니고 뭘 등록해야 한다더라, 주변에 누구도 그거 타다 다쳤다더라, 충전하다 불도 난다더라, 그래도 타고 다니면 어디 갈 때 편하긴 하겠더라 등등의 말들이 이어지고 있었다.

그러고도 한참 전동킥보드 얘기를 주고받으시는 할머니들 대화에 난 세상의 변화를 실감하며 뒤에서 계속 들려오는 대화를 듣는 것이 흥미로워졌다. 저렇게 나이 많으신 어르신들이 전동킥보드와 공유 킥보드를

논하고 있는 대한민국 사회의 모습이 새삼스러웠다. 갑자기 세계 보건기구에서 60대를 중년으로 규정했다는 것이 괜한 일이 아니구나 싶었다.

할머니들의 이야기는 이제 전동킥보드를 넘어 오토바이로 옮겨갔다. 오토바이도 정말 위험하다, 요즘에도 폭주족이 있더라, 오토바이가 비싼 건 차보다도 비싸다 등등의 말들이 또 이어졌다.

그러다, 할머니 한 분이 회상하듯 말을 꺼내셨다.

"우리 집 양반! 오토바이 여행 같이 가는 게 소원이라고."

하고는 말을 이어 가셨다.

"그렇게 한 번만 같이 가자고 난리 난리 해서 마지못해 한번 갔지. 그런데, 막상 따라나서보니 세상 자유롭고 좋긴 하더라구. 그때 영감 뒤에 앉아서 보고 지나는 길들이 얼마나 예뻤던지, 왜 이제야 들어줬나 싶기도 하더만. 그 오토바이 사고서 얼마나 좋아하던지, 진짜 차 한 대 값은 들어갔는디."

말끝을 흐리시는 할머니에게 듣고 계시던 다른 할머니가 물으셨다.

"지금도 타고 다니시는가?"

금방 대답을 못 하시던 할머니는

"지금은 하늘나라에서 타고 다니겠지······." 하시고 또 말을 이어가셨다.

"그 영감 그렇게 소원하더니 그 오토바이 타고는 가버렸어. 경찰들이 그러더라고. 절대 사고 날 자리가 아닌데 사고가 났다고. 그게 운명이었던 게지. 그래도, 자기가 좋아하는 오토바이 타다 갔으니, 한은 없이 갔지, 뭐!"

담담하게 말씀하시는 할머니의 말에 인생이라는 게 무엇이고 삶이 무엇일까 착잡한 기분이 들었다.

회한일지, 한탄일지, 넋두리일지 모를 할머니의 말씀은 계속 나를 붙잡았다.

"벌써 몇 년 전이여! 처음에사 못 살 것 같았는디 몇 해 지나니 이렇게 무던하게 얘기가 나와. 죽은 사람은 죽은 사람이더라구."

얘기하시는 동안 할머니의 눈가가 젖었는지 알 수 없었지만, 무던하다고 얘기하시는 목소리는 분명 젖어있었다.

가르며 덮쳐드는 바람도
당신 등에 기댄 나를 범하지 못하네요.
한평생 바람막이 되어 준 당신 등이
이토록 넓다는 걸 이제야 알았어요.
우리 곁을 스치는 저 아름다운 풍경들은
당신이 나와 나누고파 간직해 온 꿈이군요.

잊지도 못하게
그리 좋은 추억 하나 남기셨네요.
이렇게 회상하는 내 기억 속에 살려고
소원 한번은 들어줬다 위안 삼아 살라고
당신은 하필 그리 가셨군요.

- 소원은 추억이 되고 / 이옥비 -

　시간이 덤덤함을 남기려 지나는 동안 오토바이 타는 것을 끝까지 말리지 못한 당신을 얼마나 자책하셨을 것인가!

　또, 그리 허망하게 떠난 할아버지를 얼마나 많은 밤낮에 떠올리며 원망하셨을까! 수없이 떨쳐냈을 그 시간들에 얼마나 많은 눈물로 복받치는 감정들을 잠재우셨을까!

　세월이라는 것은 정말 모든 것을 안고 흘러가는가 보다. 슬픔, 절망, 고독, 회한, 체념, 다 흘려보내어, 마치 남 얘기를 전하듯 감정이 배제된 언어로 얘기하시는 할머니에게서 소중한 인생의 한 컷을 엿듣고 나오는 길에 구불구불 놓인 골목길이 새삼 걸어보라 손짓하고 있었다. 쉬이 떨어지지 않는 발걸음에 식당을 다시 돌아보니 "안에 넓은 홀 있음"이라고 써 붙인 글귀가 꼭 인생극장의 상영관을 안내하는 문구 같았다.

　다시 인생 한 조각 훔쳐 듣고 싶은 날, 또 슬쩍 들어가 앉아봐야겠다. 좁은 골목 어귀에 코다리 맛집…….

그리움

이내[1]가 되면 당신이 옵니다
짙푸른 빛 아리게 품어
낮과 밤이 교차하는 시간

한나절 햇살을 부숴가며
맘을 하얗게 가려주던
낮이 사그라들면

아라[2]에 일던 메밀꽃[3]은
제 색을 잃어 검게 밀려오고

사랑일까 미련일까
분간 없는 이내, 그 끝에
당신이 또렷해집니다

---

1) 해 질 무렵 멀리 보이는 푸르스름하고 흐릿한 기운
2) 바다
3) 파도가 일 때 하얗게 부서지는 물보라를 비유적으로 이르는 말

시간이 약?

시간이 약이라는 말
시간에 맡기면 되나요?
맞아요. 그럴 거예요

그런데 말이죠……

그 시간 동안
얼마나 문드러져야 하는가요!
몇 번이 덧나고
몇 번의 딱지가 다시 앉을까요!

그런 게 아무는 거라면
아물었다 얘기할 날 있겠죠

시간이 약이라구요?
시간에 묻히는 것이랍니다

사람 사랑

벚꽃 엄마

뚜렷한 작품세계를 가진 나의 사랑스러운 화가 희경 언니가 작년 초에 전시회를 준비하며 야심 차게 완성한 30호 작품이 있다. 벚꽃이 흩날리는 배경으로, 색동 저고리에 언니 그림의 심볼인 몸뻬 바지를 어김없이 입고, 흰 고무신을 가지런히 모아 신은 소녀 그림이다. 빨갛게 상기된 양 볼에 미소를 달고 작은 비단 손가방을 수줍게 들고 선 그 소녀 그림을 페이스북에 언니가 처음 올렸을 때, 보자마자 난 울 엄마가 그 소녀 위로 오버랩되었다.

분명 열 살 정도 되어 보이는 소녀 그림인데, 내 눈엔 왜 엄마가 보였을까?

재작년 늦가을, 단풍 구경을 하고 싶어 하시는 엄마와 속리산을 찾았었다. 그즈음 나는 예전과 다르게 나이 들어감이 느껴지는 엄마와 좀 더 많은 시간을 보내야겠다고 생각하던 참이었다.

북부권은 이미 단풍이 시들할 거 같아 남쪽으로 내려가려니 차를 오래 타는 것도 힘겨워하시는 터라 속리산 정도로 정하였다. 만추의 문턱까지 닿은 계절에 속리산도 단풍이 거의 막바지였지만, 덕분에 마침 적당한 풍속의 바람은 제가 농사지은 잎들을 추수하듯 따고 있었다. 시간의 순리를 따를 줄 아는 나무들은 잘 익은 잎을 저항 없이 내어주는 중이었다.

등산로 입구에서 유난히 예쁘고 탐스럽게 익혀낸 잎들을 연신 떨구고 있는 커다란 나무 아래서 엄마는 갑자기 오르골 위의 소녀처럼 빙그르르 돌기 시작하셨다. 두 손바닥을 하늘로 향해 단풍잎이 스치기라도 바라시며 빙글빙글 돌아가는 엄마는, 그 순간 열 살 소녀였다. 아니, 아이였다.

벚꽃잎 화사한 꽃그늘 아래
빨그레 환희에 벅차오른
열 살 소녀는
팔자 주름에 검버섯이 수줍어도
몸빼 바지 색동저고리가 고와요.

벚꽃잎 흩날리는 봄바람 결에
빙그르 꽃잎 되어 나부끼는
열 살 소녀는
꽃잎 머문 주름진 손 감추어도
가지런한 흰 고무신이 고와요.

벚꽃잎 흐드러지는 봄이 오면

나의 그녀는

일흔 살 소녀랍니다.

- 벚꽃 엄마 / 이옥비 -

　육 남매의 맏이로, 세 남매의 엄마로, 어느 소설 '아
낌없이 주는 나무' 마냥 70 평생을 밑동까지 다 내어주
고, 이제서야 '단풍놀이 한번 가고 싶다'는 말 같은 걸
우물쭈물이라도 건네신다. 다 내어주며 살아오신 엄마
는 단풍잎마저도 욕심을 내지 않으시고 움켜잡지 않으
셨다. 개중에 예쁜 잎 하나 잡아보려고도 않으시며 손
끝에 스쳐 날리는 단풍잎들로도 더없이 아이처럼 행복
한 표정이셨다.

　몇 해 전 엄마가 한참 돈 욕심을 가지신 적이 있었
다. 나중에 슬쩍 털어놓으시는 속내는 죽기 전에 1억
을 한번 가져보고 싶다는 것이었다. '가지 많은 나무
바람 잘 날 없다'고 한동안 이어졌던 엄마의 시도는 결
국 또 무산되고 말았다. 그때부터 엄마는 더욱 소유에
대한 욕심이 없어지셨다. 지금도 그저 어찌어찌 몇 푼
모아 형제들과 자식들, 손자들에게 쥐어 주시는 게 엄
마의 낙이다.

　그런 엄마가 단풍잎이 갈바람 동무 삼아 흩날리는
커다란 나무 아래서 행복하게 빙글빙글 돌고 계셨다.

엄마의 어린 시절 그 어디쯤엔, 한껏 수줍게 치장한 차림새로 흰 고무신 곱게 신은 소녀가 있겠지! 흐드러진 벚꽃이 봄바람 타고 날리는 커다란 나무 아래 까르르 행복한 웃음을 섞어 빙글빙글 도는 소녀가 있겠지!

나무는 나비를 잉태한다

나비가 날아!
위로 날지 않아
아래로 날아내린다
중력을 거스를 수 없는 날개를 가졌거든
노랑나비 호랑나비

지난 늦가을 잉태했지
겨울 한설에 어쩔 줄 몰라 애태우며
고치 안에 품어 기른 나무는

단단한 날개를 가진 나비를 낳고 싶었을 거야!
여린 날개로는 음
바람이 부는 대로 나부끼니까!
날아가지 못해 날리우는 건 슬퍼!
어디에 닿을지 운에 맡겨야 하잖아

사람 사랑

나무는 잡아주지 않아

뻗어 줄 손도 없는 걸

꼼짝 않고 서서 보는 것 말고 할 수 있는 게 없거든

나비들이 모조리 날려 내리면

나무는 다시 꿈을 품어 잉태할 거야!

내년 봄엔

단단한 날개로 날아오르는 나비를 낳겠다고

가을비

가을 끝 매몰차게 내리는 세찬 비
후두둑
갈빛이 된 잎을 두들긴다

겨울 내내 차갑게 남겨질 나무줄기
애잔해
그리 지키고 붙어있냐다

가볍게 말라가며 안간힘 다해
빠드득
이제 그만하면 되었단다

네가 가도 이제 가끔
햇빛이 유난히 반짝이는 날 있거나
흰 눈이 소복소복 가지에 내려앉는 날 있거나
씽씽 돌개바람에 정신없는 날들 있을 거라고

끝내는 가루 되어 갈 것이니
이왕에
저 따라 온전히 가자 한다

첫 비행 제주

생전 처음 하늘을 날아 바다를 건넌다.

경험해 보지 못한 일에 대한 두려움과 설렘 반반이 주는 긴장감에 발걸음이 어리둥절하다. 낯선 것을 두려워하는 나라서, 돌발변수라든지 완벽하게 루트가 정해지지 않은 여로나 사태에 상당히 유연하지 못한 나라서, 별 관심이 없다로 치부하고 살아온 것이다. 비행기를 타는 일 따위!

나이 50이나 되어 서툰 모습을 보이고 싶지 않은 탓도 무의식중에 작용했으리라. 회피하고 싶은 심리는 그동안 무관심이라는 기제로 작동하고 있었다. 그러나 해외여행이 연휴 나들이 정도로 인식이 되는 세상에, 아직 비행기를 타보지 못했다고 계속해서 누군가에게, 또는 어떤 상황에선가 얘기하게 되는 민망함을 이젠 제거해야겠다고 맘을 먹었다. 일단 나의 어떠한 치부나 어수룩함에도 비난 대신 호의로운 안내자가 되어줄 오랜 친구들을 따라 비행기라는 것을 타보기로 결심하고 나섰다.

공항에 들어서는 순간부터 나를 인도하는 사람들이

있다는 것에 큰 안도감을 느낀다. 여유로움을 가장하고 모든 구석구석을 살핀다.

1시간 전에 도착해야 한다는 거, 게이트의 위치, 검색대의 구조, 신분증 검사 요원들의 배치, 탑승권은 총 3번 확인한다는 것 등을 기억에 넣으며 최종 통로를 지나 비행기에 탄다.

'드디어 비행기라는 녀석의 뱃속에 들어왔군.'

입꼬리가 올라가며 실소가 새어 나온다. 훗!

그런데, 이 순간에 하늘을 날기 직전이라는 기대나 설렘 대신 활주로 길이가 궁금해지는 것은 뭘까! 나란 여자 정말 재미없는 여자로구나! 우습다. 이 순간에 활주로 길이를 왜 묻고 앉았느냐구! 하하 참…….

드디어 서서히 움직이기 시작하는 비행기 몸체는 활주로를 달리고 덜커덩 날아오른다. 또, 내 머릿속 하얀 칠판은 운동에너지 $1/2mv^2$, 중력 $F=mg$, 중력 가속도, 열에너지, 양력, 항력, 비행 각도 등등 참 많은 물리 용어가 가득 찼다. 이 비행기가 육중한 질량에 작용하는 중력을 이기고 계속 떠서 날게 하려면 얼마의 속도를 유지해야 할까? 중력을 이겨내는 운동에너지를 만들어 내야 할 것이고, 그러기 위해 얼마의 에너지를 태워 열에너지를 운동에너지로 변환할 것인가. 전문 분야를 공부하고 몸담은 사람들에겐 한없이 우습게 들릴 이런

물음들이 머릿속에 끝없이 이어진다.

갑자기 어린 시절 강가에서 저쪽 강가로 돌을 던지는 내기를 동무들과 한 기억이 떠오른다. 돌이 중간에, 물에 빠지지 않으려면 마찬가지로 중력을 이길 만큼의 운동에너지를 낼 수 있는 속도로 던져져야 했지!

이곳 공항에서 바다 건너 저편으로 비행기는 던져진 것이다. 나는 것이 아니라 던져졌다. 일정 속도를 올려, 그리고. 그 속도를 유지하는 추진체를 달고, 그러다 비행기가 속도를 잃는 순간엔 도중에 강물에 빠져버린 돌멩이처럼 바다에 빠지고 말 테다. 잠시 생각을 접고 창밖을 내다본다.

비행기는 구름과 파도의 포말이 구분되지 않는 바다 위를 날고 있다. 강으로 떨어지는 돌멩이 생각에 살짝이 긴장감이 일어난다. 헤헷! 저건 또 뭐야! 창밖에 매달려 가고 있는 정어리 꼬리에 긴장감은 금세 사그라지고 우스운 상상에 몰입한다. 정어리? 꽁치? 멸치? 고등어 꼬리? 하늘 위에서도 아름다운 띠를 만들며 멋진 노을을 선사하는 지는 해로 인해 더욱 명암이 선명해진 비행기 날개는 영락없는 생선 꼬리다.

'꼭 붙어서 따라와! 정어리!'

남몰래 웃어본다. 이것도 나란 여자지…….

좀 더 창으로 몸을 가까이하고 내다본다. 비행기 창은 마치 내시경이군!

저어기 아래 얼기설기 교차하거나 관통하는 물줄기들은 생물학책에서 보았던 몸속 혈관들 모양 그대로다. 굵은 줄기, 가는 줄기, 실핏줄처럼 더 가는 줄기. 내시경으로 사람의 몸을 들여다보는 듯 가정을 해본다. 저 물줄기들이 끊어지거나 마른다면 사람들은 살 수가 없는 거지.

'첫 비행에 운 좋게도 창가에 앉게 되었군.'

이런저런 생각들이 이어지는 나의 바쁜 틈에 곧 착륙할 것이라는 승무원의 마이크 소리가 파고든다. 강가에서 던져진 돌멩이가 반대편 가에 닿는 것은 정말 순식간이지. 바다 건너 제주에 금세 도착한 비행기는 육지의 것들이 움직이는 속도에 비하자면 순식간이다. 대륙 간을 날아도 이와 같은 거지.

다시 철커덩하며 조금은 심란한 움직임을 주고 활주로에 내려앉은 비행기는 점점 감속되고 있음이 느껴진다. 마찰력이 운동에너지보다 커지는 순간이 되어 비행기는 멈추고, 승무원들은 작은 구멍으로 사람들을 안내한다. 마치 소중히 품었던 것들을 안전을 확인하며 내어놓겠다는 듯 찬찬히 사람들을 다시 정해진 통로로 옮기고 있다. 나의 의지가 작용하지 않는 움직임

이니 옮겨짐이 맞다.

  공항을 나와 첫 제주의 공기를 들이마시는 순간, 공항을 둘러싼 자가용 승용차들, 버스들, 렌터카 셔틀버스들, 가로등, 제주 하늘의 별들까지 수많은 불빛이 반겨준다. '어서 와! 제주는 처음이지?'라고……

홍등가

조금은 부드럽게 물들어야 한다
그리 빨갛게 빤히 보면
너무도 부끄러워서

수분이 말라버린 대기가
건조함을 예찬하며
해를 말갛게 닦아놓고
붉은 휘장 둘러 홍등가를 차렸다

내어 앉혀진 해는
구름에 한 번 안기고
바다에 한 번 안기고
끝내는 내게 안기어 온다

그리 빨갛게 빤히 보라 하니
참으로 부끄러운 것을

조금은 부드럽게 물들어야 한다

사람 사랑

동백이 전하는 꽃소식

어째 꽃소식은
남녘에서 부는
봄바람 타고 오는 줄만 알았더니

그리 꽃소식이
북녘에서 부는
겨울바람 맞서서도 오는구나

예쁘다 동백은
따순 봄날 내민
한 아름 봄꽃들과 다르게도

차가움 모아 핀
빠알간 얼음꽃
나뭇가지 박혀 피어난다

바람이 가는 길

바람처럼 살고 싶다는 말을 간혹 듣곤 한다. 그리고 나조차도 그런 생각을 한 적이 있다. 바람처럼 산다는 것은 세상에 어떤 형태로 대처하거나 존재하고 싶다는 비유일까? 유명 인사들이 초연함을 표현하고자 쓰거나, 어느 대중가요 노래 가사에서 자유로이 떠도는 것을 나타내어 쓰거나, 아무것도 소유하지 않고 흐르니 무소유로 왔다가는 삶을 나타내고 싶어 쓰기도 한다.

가만히 바람이라는 것을 생각해 보자면, 과학적으로는 공기의 흐름인 이것은 참으로 여러 가지 모습으로 나타난다.

봄이 오는 길목을 심통스레 가로막고 서는 꽃샘바람, 아지랑이 살랑살랑 몰고서 몽롱하게 감싸오는 봄바람, 모내기 하는 농부의 이마를 식혀주는 샛바람, 높은 산을 넘느라 진이 빠져 건조한 높새바람, 여름 바다를 건너 마주치는 마파람, 가을 바다 뱃사공들이 일컫는 서풍 하늬바람, 이름만으로도 쓸쓸하여 가을의 낭만을 더하는 갈바람, 늦가을 으스스 스며오는 소슬바람, 찬 겨울 추위를 몰고 오는 북풍 뒤바람, 소설에 서럽다 울

사람 사랑

어대는 손돌바람,

여기까지도 다 나열하지 못한 것들이 있으니, 계절에 따라 불리는 이름이 참 많기도 하다.

이뿐인가! 사람들은 바람의 속도와 험악함에 따라서도 여러 이름으로 나눌 수 없는 바람을 나누어 놓았다.

고요, 실바람, 남실바람, 산들바람, 흔들바람, 된바람, 센바람, 큰바람, 큰센바람, 노대바람, 왕바람, 싹쓸바람까지 12단계로 정교하게 나누었고, 이는 바람과 태풍의 세기를 나타내는 단계가 되기도 한다.

무시무시하게 모든 것을 휩쓸어 초토화하는 토네이도를 굳이 빚어내기도 하고, 예부터 신비롭게 여겨졌고 직접 보는 이들에겐 경이롭기까지 한 용오름을 우연찮게 빚어내는 것도 바람이다.

그런데, 바람은 과연 자유로울까? 자유란 무엇인가? 자기 선택권이 담보가 되는 상태이지 않은가! 바람의 속도가 0이 된다면 더는 바람이 아니다. 바람이 존재성을 유지하고 싶다면 끊임없이 쉼 없이 불어가야 한다. 이것은 자유가 아니지 않나! 그 생성과 소멸조차 지표면의 온도와 기압에 따른 것이니 그야말로 자기 선택권은 어디에도 없는 것이다.

그렇다면, 바람은 정말 무소유일까? 천만의 말씀이다. 스쳐 가는 것마다 하나같이 어루만지고 지나니 이얼마나 욕심쟁이인가! 또한 초연하지도 않다. 성나는대로 심통을 부리며 불어가는 바람을 어찌 초연하다하겠는가!

사람들은 이미 모두가 자유롭지도, 초연하지도, 무소유도 아닌 바람처럼 살고 있다. 생사가 나의 자유의지에 있지 않고, 한번 시작된 인생살이는 멈추어 갈 수없으며, 때론 욕심도 부리고, 때론 한없이 너그러워지기도 하며 살아간다. 혹은 급하고, 혹은 여유로운 것도 바람을 닮은 삶의 모습이다.

어느 새벽녘, 꿈인 듯 스치며 제 가는 길을 따라와봐라 잠 깨우던 바람은 이 말을 하고 싶었던가 보다.
"결국 어느 것도 쉬이 가는 것은 없어! 바람이 가는길이 바로 인생길이야!"

사람 사랑

바람이 가는 길

바람이 가는 길을 따라가 볼까나
어찌 그리 쉬이 가는지

널따랗게 트인 들을 지난다
세상 시원히도 불어 가는구나
모든 것들을 상냥히 어루만지며
바쁘거나 얼굴 벌게질 일 없이 한가로이 간다
좁은 골짜기가 나타났다
세로로 몸을 세워 홀쭉이 숨을 참고
얼굴 벌게져 급히 서두른다
지나치는 것들에 아량을 둘 여유가 없지
바삐 휘몰아쳐 빠져나오니 성이 났다
참았던 숨을 내뿜어 화풀이
애꿎게 섰던 풀도 나무도 쓸어 버린다
앞을 막아선 산등성이 올려다보며
'에이, 참 성가시군.' 표정이 역력하다
그러나 터덜터덜 갈 수도 없지
바람이 바람이지 않은 속도가 되면
소멸되고 말 테니까

사람 사랑

한달음에 불어 올라야 바람으로
산마루에 닿아 하늘로 날아오를 테니
바위를 만나면 돌아서 가고
나무를 만나면 나뉘어 가고

"자! 여보게, 따라와 보니 어떠한가?
내 가는 길이 쉬워 보이던가?
어떤 길이 나타나도 쉴 수 없는
바람이 가는 길이라네.
자네 세월이 가는 길도
이와 같지 않던가?"

그대, 봄바람!

오호라!
그대가 봄바람인 것을 알겠군요
이맘때면 뭇사람들 설레게 하는 이 있다고
그 명성을 익히 들었답니다

울 엄니 나를 어루만지던 것처럼
이토록 애정 가득 실어 쓰다듬는데
어떤 이가 그에 녹아나지 않겠나요

당장이라도 부풀어 터질 듯
콧바람 가득 불어넣어 둥둥 띄우는데
어디든 떠나가고 싶지 않겠어요?

가만히 눈감고 그대를 느끼자면
사랑하는 이의 손길에 전율이 일듯
온몸이 잔잔히 분홍으로 피어나는데
누구든 사랑하지 않고 배겨내겠나요

몽롱하게 아지랑이 몰고 다가오는
훗! 그대가 봄바람인 것을 알겠어요

사람 사랑

아차산 트레킹

한 달 전부터 합류하기 시작한 30주년 대학 동기들 모임인 온라인 카페에 공지글 하나가 올라왔다. 여행 소모임 리더가 올린 글이었다.

〈아차산 야경 & 와인 트레킹〉이라는 제목을 보는 순간, 산과 걷기를 좋아하는 나는 '트레킹'이라는 단어만으로 이미 신청할 마음이 정해졌고, 안내 글을 읽는 동안 벌써 가본 적 없는 아차산 길을 걷고 있었다.

'7월 15일(토) 16시 경의중앙선 양원역 집결'이라는 대목에서 살짝 망설여졌다. 한 번도 타본 적 없는 경의중앙선이라 어쩌나 했지만, 친구들과 함께 트레킹해 보고 싶은 마음에 일단 참가자 명단에 이름을 올렸다.

하필 비 예보에, 당일 오전부터 트레킹 팀 단톡에는 비가 얼마나 내릴 것인가에 대한 가늠이 이어졌고, 마침내 플랜A를 강행하기로 뜻이 모아졌다. 우산을 챙겨 들고 일단 어찌어찌 이촌역까진 당도했지만, 역시! 경의중앙선은 나의 시간 계산을 틀어지게 했다. 배차 간격이 그렇게 길 줄 생각도 못했던 것이다. 예상 시간보다 30분은 늦게 된 마당이라 10분쯤은 친구들에게 기다려 달라겠지만 30분을 어떻게 기다려 달라고 하겠는가!

그런데, 그때 경의중앙 이촌역 5-2, 15시 40분경, 한 친구가 흑기사처럼 나타났다. 얼마나 반갑던지 그 친구 뒤로 후광이 번쩍번쩍했다. 우리는 선발대를 먼저 출발시키고, 우리보다 더 늦어지는 한 친구와 후발대로 합류하기로 했다. 부지런히 쫓아가던 우리를 시험에 들게 했던 몇 개의 갈림길을 지나 망우공원을 한참 지나고 있을 때, 저 앞 굽은 도로 나무들에 가려진 채 도란거리는 소리들! 안 봐도 감이 왔다. 반가운 친구들!

초6 독후감 이후 나의 최애 독립투사인 도산 안창호 선생님의 묘역을 안내하는 이정표 앞에서 드디어 선발대와 합류했다. 30분을 따라잡았으니 스스로 참 기특했다.

아예 비 맞기를 자처하며 걷고 있던 친구들은 그야말로 자유로움을 만끽하는 중이었다. 우리가 그토록 93년에 불러대던 송창식의 그 고래는 저 바다에 살고 있는 것이 아니었다. 그리고 그 고래는, 젊고 창창한 미래를 꿈꾸던 이십 대에만 잡으러 나설 수 있는 것은 아니었나 보다. 나이 오십이 되어서도 이렇게 자연과 동화되어 자유로움과 호기로움이라는 고래를 너끈히 쫓고 있는 우리에게 고래는 망우산을 지나 아차산으로 계속 이끌었다. 미처 트레킹 준비가 미흡했던 나는 친구가 기꺼이 나누어 준 물 한 병에 갈증을 해소했다.

우리는 와자지껄 비 내리는 산길의 적막을 깨며 구리 둘레길 1코스를 45분가량 걸어 깔딱 고개 쉼터에 도착했다. 그 언저리 하얀 개망초와 노란 금계국이 여름을 부여잡아 잔잔한 초록 위에 한가득 내려앉은, 예쁘게 트인 바람 부는 언덕을 지날 때는 잠시 들을 걷는 느낌이었다. 좋은 곳은 모두에게 좋던가! 자연스레 사진을 찍는 친구들⋯⋯. 우린 그렇지!

쉼터의 맛을 제대로 살린 건 산의 푸름을 더욱 증폭시킨 칠링 잘 된 화이트와인, 빗방울을 더욱 다정하게 한 따뜻한 보이차였다. 차가움과 따뜻함의 조화에 녹여져 한 친구가 틀어 준 바드의 '춤추는 바람'을 듣는 우리에게 숲속 그 좁은 쉼터는 그 순간 저마다의 드넓은 초원이었다!

고래란 이렇게 넓은 바다에 사는 거지!

더 늦어졌던 친구를 계속 체크하던 중, 결국 그 친구와는 최종 목적지에서 보는 것으로 조율하고, 아차산 정상 4보루에 혼자서 진즉 도착해 심심함을 놀이 삼고 있는 친구에게 향하기로 했다.

정상에 합류하여 우리는 또 한바탕 재잘대는 새들이

되었다.

고래를 잡은 새들에게 한 친구가 슬쩍 내미는 코냑은 달콤하고 향이 깊었고, 또 다른 친구가 내민 하이볼은 달콤하고 청량했다.

'산 열매의 맛은 이럴까?'

제멋대로 줄 선 바위들을 징검다리 짚듯 걸어 내려오며 정말 멋지게 선 소나무를 보았다. 또한 멋진 것은 모두에게 멋지더라!

한 친구를 붙잡고 조잘조잘 새가 된 사이 앞서던 친구들이 보이지 않았다. 이런! 어디서부터 잘못 들어 아차산역으로 내려오게 된 걸까...

결국 택시를 탔다. 내려오는 것도 후발대가 됐다.

고대라는 이름이 좋아서든, 차선이었든, 93년 거기 한 점이 되었던 동기들은 각자 반경을 넓히며 30년 동안 팽창된 점이 되었지만, 여전히 한 점 안에 있다. 비가 오는 것도 마다치 않고 친구들과 트레킹하겠다고 나섰던 우리들은 20대 때 가슴에 품었던 고래 한 마리씩을 꺼내보고 싶었던 게 아니었을까!

집에 돌아와 세탁기를 돌리려는데, 낮에 스친 둘레길 친구들이 바짓가랑이에 조잘대며 붙어있었다.

풀꽃

두물머리 강가
뒤돌지 않는 강물이 아쉬워
고개를 빼 들고 섰을 테지

하늘 따라 파란 꿈을 꾸고
해를 알아 빨간 꿈을 꾸었을 거야

잔잔히
세월을 감아 흐르는 강물이
귀띔해 주었을까?

파랑도 빨강도
같이 품는 법을 배워보라고

드디어
바람에 흔들릴 줄도 아는
기다란 꽃대
보라색 꽃송이 한들거린다

사람 사랑

친구야

쉼 없이 흐르더라
세월이라는 강은

나뭇잎으로 떠내려왔나
모래알로 떠밀려 왔나
떠내려온 너도
떠밀려 온 나도
유속이 잠시 느려도 좋을
이쯤에서 쉬어보자

해도 지쳐 구름을 부른 하늘가
잠자리 떼 유난히 반가웁거든
친구야! 쉬어가 보자

해를 모아 초록을 길러낸 숲가
참나리꽃 더없이 반겨주거든
친구야! 쉬었다 가자

캠프파이어

별은 이제 찾아야 볼 수 있어
하늘 가득 별이 쏟아지던 그때는
아득히 멀어져 버린 걸 알잖아

하지만

반짝임을 잃은 하늘 너머
여전히 별이 빛나고 있다는 것도 알지
바람에 실린 파도 소리가
저 어둠 밑에 바다를 말해주듯이

타닥타닥 거꾸로 타들어 가는 장작은
그 어디쯤 잊힌 낭만을 부른다

빨갛게 홍얼대는 불꽃은 헤집는다
접어야 했던 사랑
아련해져 간 우정

그 또한, 잊지 말자고
그 또한, 아름다웠다고!

표지판

난
샛길로 새고 있을까
새로운 길을 걷고 있을까
끝까지 가보지 않고는
답을 내릴 수 없겠다

외길이라 생각했고
곁눈질 없이 걸어온 길
빼꼼히 나타난 표지판 하나
단조로움에 시비를 걸었지

어설프게 난 그 길은
구불거리는 비포장 길
쉬이 가지지 않는다
더디기만 하지

들어서지 않았더라면……
표지판은 따라오며 물었겠지
지나치길 잘했을까
가야 했던 길이었을까

그 길 끝에 다다른들
답이 될까

개망초

보드라운 흙이 가득한 화단에선
나를 찾지 말아요

마음이 맥없이 돌부리에 차이는 날
마른 길가 푸석해진 그곳에서
눈 맞출게요

왜풀이라 서러움을 안았어도
그저 떠돌며 한 점 버려진 땅이면
족하답니다

귀한 것과 귀하지 않은 것을
내게 묻지 말아요

마음이 초록빛 여름을 읽어낼 즈음
이랑의 흔적 잃은 묵정밭에서
꽃피웁니다

귀히 보지 않아도 다보록한 꽃 천지
호리꽃등에⁴⁾ 분주히 오고 가면
그 또한 족하답니다

겨우 개망초라 하여도

밤이면 은하수 흐르는 하늘을 이고
가슴 아린 땅에 꽃 한 송이 뿌리면
족하답니다

4) 꽃등에 중 가장 쉽게 발견되는 종으로, 꽃의 꿀을 빨며 꿀벌을 연상시킨다.

산고

사람만 사람을 낳을까요?

아프게 넘어야 했던 세월의 고개들
거듭나고 새로 나느라 겪은 고통들

느지막이 찾아오는 산고로
세월은 사람을 다시 태어나게 합니다.

사람 사랑